KB260517

통곡하는 모세

통곡하는 모세
박춘식 시집

초판 인쇄 | 2010년 03월 25일
초판 발행 | 2010년 03월 30일

지은이 | 박춘식
펴낸이 | 신현운
펴낸곳 | 연인M&B
디자인 | 이희정
기 획 | 여인화
등 록 | 2000년 3월 7일 제2-3037호
주 소 | 143-874 서울특별시 광진구 자양동 680-25호(2층)
전 화 | (02)455-3987 팩스 | (02)3437-5975
홈주소 | www.yeoninmb.co.kr
이메일 | yeonin7@hanmail.net

값 8,000원

ⓒ 박춘식 2010 Printed in Korea

ISBN 978-89-6253-051-3 03810

통곡하는 모세

연인푸른시선
08 박춘식 시집

통곡하는 모세

연인M&B

|머리글|

2010년
1월 7일 목요일
모세 산을 바라보며
네 번 절하였습니다
半詩人이

깜깜한 새벽
별들이 보고 있었습니다
半詩人을

시에 미친 바보로
만들어 달라면서
무릎 꿇고 애원했습니다
그리고 길바닥에 붙였습니다
半詩人의 머리를

잠시 후
산봉우리들이
눈을 뜨기 시작했습니다
半詩人 앞에서

| 차례 |

제1부 시간 원형

제2부 점점 멀어지는

제3부 넉줄 시와 일곱줄 시

제4부 통곡하고 있는 모세를 만나

덧거리 글

제1부

시간 원형

시인과 형이상학

날아가는 화살을 바라보며
화살의 정지 상태를 생각하는 사람이
시인이다

물질적인 것을 초월하여
어떤 정신적인 근거를 찾는다는 형이상학
철학자는 형이상학을 차갑게 응시한다
모양―그 이상의―학문(形而上學)
모양―그 이하의―학문(形而下學)
시심(詩心)은 학문을 뛰어넘어
모양의 높낮이를 따지지 않고 그 안에서
새로운 메시지를 찾고 있다

공허 안에서 존재를 밝히는 일
실존 안에서 허무를 건지는 일
시인은
이 둘을 포개어 반투명의 엷은 노래를 만든다

화살이 과녁판에 박히는 순간
참 시인은
지구의 진동각(振動覺)까지 감지한다

나무들은

그 줄기가 처음부터
둥그런 기둥 같이 자란다
하늘님을 닮으려고

줄기 속으로
온몸을 받들어 주는 뼈 속으로
해마다
동그라미 그리면서 키가 큰다

어느 나무도
사각기둥으로 자라지 않는다
삼각기둥 나무도 없다
나무들은 아침마다
하늘 쳐다보며
원통(圓筒)으로 발돋움한다

하늘님은
동그라미이기 때문에*

* 시집 〈창세기 55장 9절〉 졸시 〈하늘님은〉 51쪽.

아침 안개

앞산 구름이
이른 아침 말없이
마을로 내려와 앉는다
나무들이 사우나를 즐긴다
새들도
물방울 뽀얀 틈 사이로
날갯짓 조심스럽게
몸을 낮춘다

아침 구름이 놀다간 자리에
하늘 냄새가 난다

시인에게 간다

사람이 하 그리워, 후드득 옷 벗고
샤워 물로 몸통을 문지르며 생각한다
서해안 바다를 찾아갈까
셔틀콕을 넉넉히 사들여 라켓으로
소슬바람 같은 마음을 후려치기라도 할까
쇼핑하면 좀 나을까
수평으로 밀려드는 기다란 외로움
슈팅하여 멀리 차버리겠다고
스낵바를 찾았지만, 결국
시인에게 간다 시를 마시기 위해

팥죽 한 그릇

아침부터 회사가 삐걱거리면 간밤에
야참 못 먹은 것까지 후회된다, 이럴 때
어른 노릇하려는 선배가 어김없이
여우들을 데리고 내 앞에 나타난다
오늘도 심장 박동이 비정상이면
요주의 인물로 분류되려나
우연이 가끔은 필연이 되는 이 건물에서
유유낙낙 추종만 원하는 부장 눈총 받을 경우
으슬으슬 살갗이 오므라들겠지
이런 날 따끈따끈한 팥죽 한 그릇 먹고 싶다

피라미드 1

천 년을 또 천 년을
걸었다
그리고 천 년 넘도록 걷고 걸어서
내 앞에
여기 나타난 너
피라미드
그윽이 쳐다보니 나의 거울이구나

그치지 않는 오만으로 딱딱해진
우리 모서리를 뭉뚱그려
거꾸로 세우고 싶다 그러면
하트(heart) 모양이 되겠지
그러고는 둘이서 손잡고
나지막하게
사막으로 걸어가자
나지막하게
모래를 뭉그적뭉그적 밟으면서

피라미드 2

사하라 사막 끝자락
모래 바다
등대

묵묵무언으로 서 있는
이집트 피라미드
사람이 쌓아 세운 제일 높다란
정사각뿔

억겁 욕심에 짓눌려
풀 한 포기 보이지 않는다
돌 틈새에
한 그루 작은 나무도
뿌리 내리지 못한다

새들도
머얼리 비껴간다
참으로 외롭고 기다란 꿈
엄청스러운 돌무더기
슬픈 돌무덤

시간 원형(圓形)

바로 지금 이 순간
1초가 또그닥 넘어지면
이 순간은 곧바로 과거에 묻힌다

떡가래 기계 안에 있는 미래가 쉬지 않고
말랑말랑한 현재의 가래떡을 밀어내듯
늘 흐르는 현재는
쉴 새 없이 가래떡으로 내 앞에 놓인다
그리고 조각조각 과거가 쌓인다

끝없는 공간을 잇고 있는
영원한 원형(圓形)인 시간은
계속 회전하는 끝없이 커다란 원(圓)이다
돌아가는 어느 한 지점에 내가 놓여 있다
지구가 얹혀 있다

나의 숨결에 붙어 있는 현재는
들숨 날숨으로 커다란 원형 위를 걸어간다
가늠할 수 없는 시간 원형은
시간의 주인 그분의 것이다
시간이 원형(圓形)인 이유는
그분이 동그라미시기 때문이다

그해 9월부터

반듯반듯한 달력
어느 벽이든
달력은 늘 바르게 서 있다
그래서 하루하루가 매끄럽게 지나간다
한밤에 글자가 오른쪽으로
편편하게 걸어간다

달력을 기우뚱하게
걸기 시작한 것은 이천구년 구월부터이다
꼿꼿한 시간이
달력 안에서 넘어지나 보려고

오른쪽을 높였더니
날짜가 힘겹게 올라가고
왼쪽을 높여 걸었더니
글자들이 후들거리며 조심조심 내려간다
수평으로 걸어가던 날짜가
급경사로 넘어지니까 목이 갸우뚱거린다
내려가는 날짜에
가끔은 고임목을 받쳐
여유로운 시간도 마련하고 싶다

아무도 모른다

나무는 오늘도
그림자로
자기 키를 바라본다 그리고
동그랗게 그림도 그린다

차가운 바람으로
앙상한 가지만 남았을 때
그림 그리기 힘들어 한다
물감을 적시기 어려워 젓가락처럼
주뼛주뼛 엉성한 그림이 된다

한밤 겨울 추위에는
몸속으로 그린다

얼어 죽지 않으려고 안으로
안으로 동그라미를 새기는
나무의 아픔을
아무도 모른다

순간적인 갈등

TV 화면에서
톰슨가젤(Thomson's gazelle)
사력으로 도망간다
치타(cheetah)의 맹추격
구경하는 내가 숨 가빠진다

가젤을 볼 때
요리조리 방향 바꾸어 달리라고 응원하고
표범을 쳐다보며
순간 속도를 높여 앞발로 훅 덮쳐라 한다

치타가 가젤을 잡으면
정말 넌 뛰어난 단거리 선수야
가젤이 무사히 도망치면
예쁜이 정말 잘했어 하마터면 죽을 뻔했잖아
숨을 몰아 쉰다

순간 그다음 순간 엇갈리는 감정
약자 편을 들면서도
치타의 위력을 보고 싶은 것

나만 그런가

가뭄

논바닥이
늙은 소나무 껍질로 누워 있다
풀잎들이 힘겨워하고
더럭 산불 걱정이 앞선다
들꽃들이
쫄금거리다가 고개 숙인다
저수지도 옷을 벗어 맨살 드러내며
아슬아슬 팬티만 걸치고 있다
뇌세포에 들어 있는 시어(詩語)도
말라비틀어져 간다
먼지가 풀풀 날고 있는 골목에
개 짖는 깡마른 소리
저절로 입에서 튀어나오는 기도
이 땅을 버리지 마시라고
하늘님에게 애원한다

엄청
가물었다

겨울 비

마당에 내려앉는 빗방울이
외롭다
하얀 날갯짓한다면
환영받을 터인데

비 맞은 나무둥치들이 까맣다
새들도 숨어 있다
바짝 마른 풀잎들이 빗방울을 안고
바르르 떨면서 고개 숙인다
길가 전신주가 냉기에
몸을 움츠러뜨리며 눈물을 흘린다

추적추적 빗방울이
그나마 위로를 받는다 마당에서
시인을 바라보며

피라미드 3

누가
이렇게 높은 삼각선을
쭈욱 그어 세워놓았을까

사선(斜線)으로
끝없이 올라가려는 꿈
다른 사선으로
왕관을 놓치지 않으려는 영원한 손길
또 다른 사선으로
죽음 한계를 넘어서려는 염원
빗금으로 치닫는
가지가지 욕정 권력 부귀 만용 허세

끝이 서로 닿아 하늘을
높이 찌르고 있다 내찌르고 있다

스스로 쌓아 올린
자신의 오만한 모습을 돌 더미에 비추어 본다
이제는 진정
매일 돌 하나씩 내려놓으며
편편한 바닥을 만들어야 하겠다
내 마음을

피라미드 4

극상(極上)의 정사각뿔
저기 높다란 저 꼭대기에
파라오가
깃발을 꽂았다
타인의 근접을 극도로 경계하면서

여기 이 자리는
나의 왕좌
아무도 가까이 오지 말라
나는 죽어서도 꼭 하늘처럼
모든 백성들에게 명령할 것이다
살아 있는 임금 위에
영원히 군림하고 싶다

파라오 마음을
정확하게 읽는 눈에는
너무 높아
하늘색으로 물이 든 깃발이
선명하게 보인다

산이 운다

대형 포크레인
산등을 쇠망치로 연거푸 내려친다
바위의 가슴을 찌르고
배를 가르며 허공을 휘젓는다
산길을 낸다고

돌 깨는 소리가 칼날로 선다
새들이 달아나고
나무들이 신음한다
멀찌감치 돌아가는 하얀 구름
무거웠던 천년의 고요가
조각조각 떨어져
흩어지는 긴 아픔
함묵에서 되살아나는 소리들

아프다고 운다
묵묵한 산이

종신서원하는 쟌*에게

종신서원, 이 말에
가슴이 뜨겁게 올라오지만
너에게 색다른 봄이 시작되기에
2010년 2월 10일 이날을 잊지 않으리라

마리아 쟌, 너는
어릴 때부터 너무 말끔하고 순박하여
나비인 듯 강아지인 듯 기웃기웃 한들거려
엄마에게 아픔이었고 기쁨이었단다
이제는
하늘님의 작은 아픔이 되기도 하면서
하늘님의 크다란 기쁨이 되어야지

엄마 아빠 형제가 너를 위하여 기도하면
너는 그 기도를 받아
한국교회를 위하여 기도 이어가고
삼촌 이모 사촌 친인척들이 기도해 주면
너는 그 기도를 받아
수도회를 위하여 기도 많이 해야지

이제는
어디를 가든 그곳을
시나이 광야로 만들어

네 스스로 겸손해야 하고
이제는
어느 시간 안에서든 온갖 소리를
침묵의 끈으로 묶어
부스러기 시간이라도 기도로 채워야지

너의 종신허원을 위하여
너와 함께 허원하는 수녀를 위하여
새들이 박수를 치면 바람과 함께 고마워하고
나무들이 노래를 흥겹게 부르면
잠자리 날갯짓처럼 마니피캇을 불러야지
그리고 항상 하늘님의 딸로서
아프고 불쌍한 사람들에게
상큼한 노랫가락이 되어 주어야지
마리아 쟌, 너는

*마리아 쟌 : 필자의 조카로 마리아 쟌은 세례명임.

나무는 외다리로

꿋꿋하게 서서
여행을 즐긴다
가지로 바람을 끌어당겨
산 넘어 마을 냄새를 맡고
이파리로 손 흔들며
멀리까지 인사를 한다

한 자리에서
세상을 머얼리 바라본다
땅 속으로
땅 위로

수천 개의 발
가녀린 우듬지
대지의 비어(秘語)를
하늘 높이 이어주고 있다
외다리로 서서

제2부

점점 멀어지는

나를 찾으려고

나를 찾으려고
다급하게 길을 나선다
동쪽으로 간다
길이 벌떡 일어서더니
절벽 되어 앞을 막는다

발길을 서쪽으로 돌려
총총걸음으로 앞만 바라본다
길바닥이 일어서면서
또 벽이 되어 나를 멈추게 한다
남쪽으로
북쪽으로
길들이 욱욱 일어서서 길을 막는다

갇힌 몸이 된다
나를 찾으러 가는 길
사면 장벽으로 차단
소리마저 파묻힌다

하늘은
그대로 푸르다

망세기(亡世記)

매일 아침
하늘님이 창세기를 새롭게 쓰신다
눈부신 빛살로

진종일 밖에서 뛰어놀던
해가
서쪽으로 사라지면
빛을 빼앗긴 사람들이 색다른
빛살을 만들어
토막토막 잘라 먹는다
술 냄새 풍기며 몸을 쥐흔든다

형형색색 빛살을
딩굴딩굴 내돌리며
사람들은 밤마다
망세기를 그리고 있다

탕자의 눈물

어느 고을에 아들이 넷 있는 집이 있었다
그런데 막내아들이
집 재산 중에 자기에게 돌아올 몫을 챙겨
한밤중 먼 지방으로 떠났다
그곳 타향에서 밤낮 방탕한 생활을 하며
가져간 재산을 허비하였다
모든 돈을 탕진하였을 즈음
그 고장에 심한 기근이 들어 굶어 죽게 되자
그 고장 한 사람을 찾아가
매달려 사정하였다 그 사람은
그를 자기 밭으로 보내어 돼지를 치게 하였다
막내아들은 돼지들이 먹는 열매 하나라도
배를 채우기를 간절히 바랐지만
아무도 주지 않았다
그때 처음 보는 한 청년이 나타나
빵을 갖다주었다 그 청년은 다음날에도
빵 하나를 그 다음날에도 빵을 들고 왔다
어느 날 밤하늘의 무수한 별을 바라보다가
자기 처지를 한탄하였다
제정신이 든 막내아들은 이렇게 중얼거렸다
내 어머니 집에서 일하는 그 많은 품팔이꾼들은
먹을 것이 남아도는데 나는 여기에서
겨우겨우 목숨을 근근부지하고 있구나
매일 찾아오는 그 청년에게도 큰 빚을 지고 있구나

이렇게 살 수는 없다고 생각한 막내아들은
일어나 어머니에게로 갔다
막내아들이 멀리 보이자
어머니가 아들을 보고 맨발로 달려가
목을 껴안고 입을 맞추었다
막내아들은 어머니 앞에 꿇고 용서를 빌었다
어머니 제가 하늘과 땅과 어머니께
큰 죄를 지었습니다 이제 저는
어머니의 아들이라고 불릴 자격도 없습니다
그러나 어머니는 일꾼들에게 일렀다
어서 가장 좋은 옷을 입히고
그리고 살진 송아지를 잡아 잔치를 준비하자
막내아들이 죽었다가 다시 살아났기 때문이다
사랑하는 아들을 잃었다가 도로 찾았기 때문이다
그리하여 온 집안 사람들은
즐거운 잔치를 벌이기 시작하였다
막내아들이 고개를 들어 주위를 살피다가
어머니 옆에 매일 빵을 들고 찾아왔던 그 청년이
서 있는 것을 보는 순간
다시 무릎을 꿇고 통곡을 하였다
막내아들은 어머니 앞에서
땅을 치며 온몸으로 꺼욱꺼욱 울었다

*복음 성경의 탕자의 비유를 빌려서.

어느 수녀의 임신

저는 심청이가 되었습니다 억지 효녀 심청이처럼 팔렸습니다 가난에 찌든 엄마 아빠가 동생들 위해 저를 팔았습니다 성당에서 혼인미사를 올린 다음 한 남자의 아내로 끌려갔습니다 남편은 돈은 엄청 많았지만 거시기가 병신이었습니다 첫밤 아기를 가질 수 없다는 벼락을 맞았습니다 그 벼락에 제맘은 숯가루가 되었습니다 신혼의 꿈은 저주로 바꿨습니다 저에게 하늘은 늘 희뿌연 안개였습니다 되지도 않는 혼인을 허락해 준 성당 신부도 정말인지 모르지만 돈을 많이 받았다는 소문이 돌아다녔습니다 사람들로부터 사람들에게 팔려갔고 하늘님으로부터도 버림받았습니다 저는 산으로 올라갔습니다 나무들을 다 불태워 죽였습니다 저는 철길 위에 눈물을 길게 뿌렸습니다 저는 먼 곳으로 여행 가서 날밤으로 술을 마셨습니다 아무도 모르는 곳에서 밤새도록 춤을 추었습니다 저는 강물에 몸을 던지려고 했습니다 깊은 강물에 빠져 강 밑바닥에 누워 있는 제 모습을 꿈에서 자주 보았습니다 강물은 말없이 흘러갔고 갈 봄이 몇 차례 지나간 어느 날 작은 시골 성당에 가서 수녀에게 모든 것을 고백했습니다 수녀에게 고자질했습니다 저는 돌멩이가 아닌데도 사람들이 저를 돌계집으로 만들었다고 고백했습니다 고자 남자와 사는 버림받은 몸이라고 고자질했습니다 하늘님을 욕하면서 아빠 엄마도 미워했습니다 그리고 수녀에게 매달려 울었습니다 눈알이 밀려나오도록 울었습니다 수녀는 저를 꼬옥 안아주면서 눈물을 흘렸습니다 뜨거운 눈물로 제 얼굴을 닦아주었습니

다 수녀가 제 신랑이면 참 좋겠다 하고 생각했습니다 그날 그
수녀 몸속으로 맨날 우는 계집아이 하나 그리고 쭉정이 사내
아이가 들어갔습니다

   두 아이를 항상 몸속에 넣어 다니느라고
   수녀는 오늘도 걸음을 빨리 걷지 못하고 있습니다

원죄의 본질

2010년 2월 1일
시골 어느 병원 대기실
두 할머니와 육십 넘은 노인의 대화

  맨날 묵는 집에 밥 말고 가끔 외식도 해야지
    그게 무운 말이여
  아이거 그리 말기가 안티어서 우야노
    아고 알았다 할마이한테 일러줄끼다
  지랄한다이 나만 거리는 기이 앙이다
    남사시럽구로 우예 여기서

만고의 진리라고 말하기는 머쓱하지만
하여간
원죄 본질은
아담의 오만함이라고 하는데
그 오만함에 꼭
추가로 덧붙여야 할 내용 하나

바람끼

나가사키의 성자(聖者)

하늘님과 미도리*가 만든
나가사키 사람 나가이 다카시*가
일본의 만주침략전쟁 중 군의관으로
만주전선에서 1934년에 쓴 하이쿠(haiku 俳句)*

저 풀밭에 나뒹구는 공산군 소년병의 시체, 그리고
그 옆에 갓 피어난 초롱꽃!

(나가이의 일생을 밤새 읽고 대구(對句)로 쓴다)

죽음의 재를 뒤집어쓴 나가사키
악마의 놀이터로 변한 거무칙칙한 도시
그 가운데 갓 피어난 새하얀 장미꽃
한 송이 장미 향기가
악취로 짓물크러진 도시를 어루만지고 있다

*나가이의 부인.
*나가이 다카시는 일본 나가사키대학의 방사선과 교수이며 나가사키 원폭
  으로 부인 미도리를 잃고 자신도 방사능증을 앓으면서 신도 신앙에서 가
  톨릭으로 개종한 삶과 그의 마지막 열정을 이웃 사랑에 쏟아부은 일본의
  성자(聖者)이다.
*하이쿠 ~ 나가사키의 노래(폴글린 저 김승희 역) 바오로딸 152쪽.

시간이 흐르는 이유

에덴의 태양은
시간을 껴안고 있었다
태양과 함께 시간은 늘 가득히
동산을 화사하게 비추고 있었다

아담이 하와와 함께
거만하게 까불거리다가 벌 받았다
가까스로 죽음은 면했지만 결국 쫓겨났다
그때
에덴동산을 가득 채우고 있던 시간이
쫓겨나는 아담 따라 밖으로 풀려나왔다
그때부터
아담은 시간으로 땅을 파고
시간이 만들어 주는 열매를 먹어야만 했다
동산 밖으로 풀려난 시간은
사계절을 만들면서
하와 얼굴에 주름을 그려주고
아담의 뼈를 매일매일 갉아먹었다

시간 구분이 없었던 에덴은
아담에게 영원한 꿈으로 가슴 깊이 묻혔다
지울 수 없는 그 꿈은
야물딱진 끈이 되어

아담의 마음을 항상 졸라매고 있다
그리고 아담을 닮아 에덴 밖의 태양도
영원의 손을 잡으려고
뜨겁게 몸부림친다
흐르는 시간에 눌려
조금씩 빛이 엷어지고 있다

도청(盜聽)

42

우애 지내노
　　안 죽고 사안다

밥은 넘어가나
　　지우 지우 넘긴다

씰데업시 죽는다고 카지마라이
　　억울하고 아까바서 몬 죽는다
　　이지껏 살아온기 아까바서 안 죽일끼다
　　껏까지 땡길끼다

형제인지
친구인지
전화하는 것을 엿들었다
어쩌다 그냥 들었다
　　껏까지 땡길끼다
이 말에 손바닥이 아프도록
박수를 친다

파문(波紋)

마음을 호수에 던진다
파문이 호수 끝까지 달려가
호수 둘레를 속속 긁는다
파문이 돌아오지 않는다
온몸을 던져
커다란 파문을 만들어 보낸다
답이 없다

이제는
파문을 애써 지워 버린다
몸을 던지고
둥글게 올라가는 파문을
몽땅 집어 삼킨다
마음속에 물결 가득가득
반짝이는 눈망울 된다

매일 나는 나를 던져
만들어지는 파문을
거두어 모아둔다

홍익인간(弘益人間)

너와 나 마음을 매 얽어
수평선을 지평선으로 만들고
지평선을 수평선으로 꾸미자

고구려의 혼을 흔들어 깨우자
그 혼을 올라타고
지평선을 끝없이 달리자 내달리자
신라의 마음을 몽땅 되찾아
그 마음을 껴안고
수평선을 기운차게 멀리 날아가자
백제의 정신을 끝까지 들추어
그 정신을 휘감아 쥐고
하늘로 치솟아 드높이 높이 오르자

청자를 익히는 무서운 열기 안에서
한글의 수려하고 상큼한 얼 안에서
온 세상 사람을 부르는 솟대가 되자
새 이야기를 만들어 세우는 깃발이 되자

너와 나 마음을 매 얽어
지평선을 수평선으로 만들고
수평선을 지평선으로 꾸미자

점점 멀어지는

영화 마지막 장면 또는
다른 이야기를 끼워 넣어야 할 때
주인공이 흐릿흐릿 사라지거나
점점 멀어지는 그림을 자주 본다

이승에서
야금야금 잊혀지고 있는 사람들
벌써 이승을 떠난 사람들
흔적 찾기 힘들다

나를 잘 아는 어느 사람이 문득
명함이나 수첩을 정리하다가
박춘식—
이 사람 나이 70넘었으니까
하면서 쓰레기통에 이름을 버린다
천천히 오버랩으로 처리되고 있는
내 모습을 물끄러미 바라본다

2009년 11월 27일 금요일
골짜기 집을 밀어내는 듯
영화 한 장면 같은
아침 안개

십자가 3

목덜미를 뻣뻣하게 세운
하늘님 같은 사람들이 성당 가득하다
엄청 부끄러워 십자가 뒤에 숨어 있는데
한 아이가 뛰어들어와
아픈 엄마를 살려 달라고 한다
꼭 살려내야 한다며 앙앙앙 운다
얼굴을 쑤욱 내밀어 빙긋 웃으며
걱정하지 말라고 윙크를 보냈다
다시 얼굴을 숨길까 하는데
꾸부정한 노인이 무릎 꿇고
자기 죄를 눈물에 차곡차곡 담는다
외로움이 고개를 감싸고 있다
머리에 오른손을 얹으며 축복했다
며칠 후 거지가 들어와 죽을 듯 허기진
배를 움켜쥐고 성당 맨바닥에 엎어진다
왼손으로 가슴 쓰다듬으며
죽지 말라고 했다

대구 수성성당 제단 뒷벽
높다랗게 서 있는 십자가에는 그래서
예수님의 얼굴과 두 손만
밖으로 나와 있다

눈꽃

2010년 2월 13일
아침 8시
눈꽃으로 산이 하얗다
들판이 하얗다
글자들이 광표백(光-漂白)되어
종이가 까맣고 단어들이 뽀얗다

여린 감나무 가지에
아닥다닥 눈꽃들은 시를 쓰고 있다
느티나무에는
수필 읽는 소리가 들린다
산자락
소나무들은 긴 소설을 만들고 있다
지나가는 바람에 원고지가 날린다

하고많은 단어들이 한꺼번에
산천으로 뛰쳐나와
겨울의 마지막 이벤트를 보여주고 있다

하얗게

커서(cursor)

벽에 있는 십자가에서
못 네 개가 떨어지더니
컴퓨터 안으로 휘익 들어간다
양손과 발에 박혀 있던
큰 못이
마우스 따라다니면서
커서로 변한다

클릭하면
사람이 사람을 죽이는 그림이 뜬다
다시 클릭하면
사람이 물고기 나무 새를 마구 죽인다
또 다시 클릭하면
사람이 하늘도 죽이고 바다도 죽이고 있다

마우스 방아쇠를 당기면
커서는 화살로 변한다
날카로운 칼날이 되기도 한다

지금 컴퓨터는
아무도 모르게 피를 흘리고 있다

우리가 모르는

나무 뿌리는
여러 가닥의 작은 손가락을 가지고 있다
깜깜한 흙 속에서
아주 작은 물방울을 잡아 당긴다
흙가루에 붙어 있는 물 한 점도
절대 놓치지 않는다
물을 아주 잘게 잘게 실낱처럼 쪼개어
뿌리 쪽으로 밀어 넣는다

우리가 모르는 사이
뿌리는
자주 우듬지 꿈을 꾸고 있다

정두운

포크 나이프 생각나면 그에게 전화한다
읽기를 잘하는 영문학자는 많지만
말도 잘하는 영문학 박사는 많지 않다
미군 장교와 홍겹게 인사하는 그를 따라
대구 캠프워커 식당에 들어선다

돈깨나 있다는 사장이 옆자리에서
비싼 양복 입고 으스대며 포크를 흔든다
양식 예법을 눈치껏 연출하면서
후식까지 먹고는
테이블 냅킨(table napkin)으로
이빨을 문지르고
콧구멍까지 후비듯 추잡한 모습을 보여준다

더티 코리안(Dirty Korean)
거침없이 말하는 영문학 교수
나는 속으로 욕하고
그는 두 단어로 명쾌하게 표현한다

그에게는 친구가 많다
허나 지기지우는 별로 없다
몸과 마음을 단련해 온 검도 정신
칼날같이 현실을 비판하면서도

남에게 강요하지 않는 여유로움이 있다
대학 강단에 우뚝 서면
북극에 가서도 기품 있는 코리안이 되라면서
학생들의 마음을 유창한 영어로 휘어잡는다
누구를 만나든 가식 없는 감성을 보여주고
은퇴하고도 영어사전을 늘 들고 다니는 학자
상큼한 바람 같은 듬직한 친구
정두운

지팡이 노인

오늘도 그는 산에 오른다
손에 잡히는 나무는 이내 지팡이가 된다

한때는 술고래였던 그가
어느 날 갑자기 변했다
술독에 들어가면서 부인에게
술독 옆에 안주를 놓아두면 다음날 아침
안주 먹는다는 소문이 골목마다 깔려 있었다
술을 멀리했다 담배도 놓았다 그리고
자동차를 사지 않기로 결심했다
하늘님께 약속하고 아침마다 산에 오른다

그가 만든 지팡이가 삼천여 개
먼 곳에서 소문 듣고 지팡이를 얻어간다
신문과 텔레비전이 그를 칭찬했지만
그런 일에 마음 쓰지 않는다 오늘도
감사 지팡이는 여러 곳에서 길을 걷는다
지팡이 노인 가밀로* 최주식
그가 나의 사촌형임을 어디가든 자랑한다

*가밀로 : 천주교 신자인 그의 세례명.

기다림은

가을바람에도 오지 않았다
갸름한 얼굴 위로
거무칙칙한·어둠이 내려앉고
겨우내 기다려야 하는 무거운 마음
고개를 들어
교회 종탑 너머 저 멀리
구만리장천을 바라본다
규모로 보아 어울리지 않는 큰 그림
그리운 사람의 얼굴을 벽에 붙인다
기다림은 벽을 쳐다보는 일이다

유방봉(乳房峰)

사백 년 전쯤
달구벌에
남원 성춘향 같은 사랑이 있었다고
하는데

처녀 총각 눈빛이 어둠을 밝히고
가슴 숨을 서로 이어가는 동안
총각 손가락은 점점 억세어가고
매일 밤 처녀 가슴은 커졌다고
하는데

한양으로 과거 시험 가는 길
이만큼 따라 나서다가
저만큼 물러서다가
팔공산까지 가면서 붙었다가 떨어지고
떨어졌다가 찰싹 붙으며
멈칫대는 총각에게
왼편 젖가슴을 뚝 떼어주며
장원급제를 빌고 빌었다고
하는데

북녘 하늘만 바라보던
오른쪽 가슴

그새 망부산(望夫山) 되어
나날이 부풀어 올랐다고
하는데

팔공산 중대동
파이데이아*에서 보이는 볼록 산이
바로 그 처녀 가슴이라고
하는데

*파이데이아 : 교육학 박사로 후진 양성에 힘써 오던 신득렬 교수가 사재
  (私財)로 만든 북카페 이름.

시를 만나고 싶다

사닥다리가 내 마음속에 들어왔다
샤프기호가 여러 개 포개진 모양으로
서글프게 누워 있다
셔터문 위로 사다리를 세워 올라가면
소나무가 보일까
쇼 안내 현수막이 보일까
수박밭이 보일까, 결국
슈퍼마켓 간판만 눈에 들어오고
스산한 바람도 뒤따라 들어온다, 이때는
시 한 편을 마음속에 넣고 싶다

제3부

넉줄 시와 일곱줄 시

바코드(bar code)

아침마다 산 아래 바코드에서
사람들이 몰려 나온다 그리고
도심의 각가지 바코드로 오르내린다
날 저물면 사람들은
아침 바코드 안으로 들어간다
그러면서 매일 조금씩 매일
그들도 가늘고 기다란 막대기가 된다

하산 그리고 하심(下心)

산을 오르지 못하는 물줄기는
항상 서둘러 하산한다
바닥까지 내려오면 거기서
하심과 머리를 맞대고 미소 짓는다

한 가지 불만

개에게 살코기 한 점 주면
냉큼 삼킨다 0.3초 만에
맛을 음미하는 기본 과정을
완전 생략하다니 원 세상에

여행 준비

이스라엘 성지순례 길 설레임
한 달 전부터 큰 가방을 펴 둔다
내의 장갑 약품 양말 등등 그런데
저승 가는 여행 가방은 어디서 구하나

시나이 산(Sinai 山)*

이집트의 시나이 산에 올라섰다
모세는 이 산에 올라와
하늘님을 만났던 위대한 사람으로
전설적인 큰 바위가 되었다
커다란 바위가 흑점(黑點)으로 보이는 오늘
나는 뜨겁게 느낀다
사나이 산임을

* 시나이 산(Sinai 山) : 구약성경 탈출기에 나오는 산으로 고대 이스라엘 백
  성을 인도한 모세가 이곳에서 하느님으로부터 십계명을 받았다고 하는 산.

대림절*

1800년 전쯤 초대교회 신자들은
기도하며 구세주 재림을 간절히 기다렸다
요즘에는
예수님이 신자들을 애타게 기다리고 있다

* 대림절(待臨節) : 천주교회에서 예수 성탄 대축일을 준비하고 기다리는
　성탄 전 4주간이며 회개와 기도 등으로 구세주를 맞이하는 마음으로 거룩
　하게 보냄.

불기둥* 기도

서러움에 눌려 마음이 오그라진 이들에게
따돌림을 아파하는 이들에게
냉대를 받아 손발이 차돌처럼 굳은 이들에게
돈 때문에 가슴이 점점 비뚤어지는 이들에게
어둠에 오래 갇혀 시력을 잃은 이들에게
오랜 병고로 살과 뼈가 굳어진 이들에게 제가
불기둥을 끌어당겨 그들 앞에 세우게 하소서

* 구약성경 탈출기 13장 21절 : 주님께서는 이스라엘 백성이 밤낮으로 행진
할 수 있도록 낮에는 구름기둥 속에서 길을 인도하시고 밤에는 불기둥 속
에서 그들을 비추어 주셨다.

발을 닦아주는 종

주인은 땅바닥에 누워
두 발을 올린다
의자에 앉아 있는 종놈이
주인 발을 물수건으로 닦아준다
무릎 꿇고 발을 씻어주어야 할 종이
높은 의자에서 편하게 발을 닦아준다
요즘 이러한 종이 참 많은 듯하다 우리 주변에

통곡의 벽 3

66

큼직한 돌들이
우우 나에게 달려들어
나의 잘못을 끄집어내고 있었다
성전이 허물어진 까닭을
내 심장 안에서 찾으려고 몰려들었다
시꺼먼 옷 새까만 모자를 쓴
유대인들이 까만 눈으로 나를 바라보고 있었다

고추 꽃

하늘 한 번
쳐다보지 못한다
벌을 서는 것도 아닌데
뽀얀 통꽃
하얀 하심(下心)이
익어가는 여름 기운으로 이제는
뜨거운 고추를 붙잡고 있다

아침 까치

68

2009년 12월 14일 아침 9시 경
대구 쪽으로 운전해 간다
까치가 도로를 가로질러 날아가는데
그림자가 10미터 앞에서 건너가고 있다
순간 브레이크를 밟는다
차동차 앞바퀴가
까치 그림자를 깔아뭉개지 않으려고

여권

국경(國境)을 지나려면 반드시
여권(旅券)이 있어야 합니다 이어 그가 묻는다
사경(死境)을 넘어서려면
어떤 증명서를 가져야 하는지 아십니까

청바지

머리 몸통 발끝 까맣게 가린
예루살렘 거리의 젊은 아줌마
뛰어가듯 신바람 난 아들 손에 끌려
발걸음을 크게 그리는 순간
까만 구두와 치마 밑자락 사이 한 뼘 틈으로
새뜻한 청바지가 밖을 보며 찡긋한다
뭔가 응시하려는 청색의 칼칼함

나바라기꽃

내가
해바라기 꽃씨를
어쩌다가
네 마음에 심었다 깊숙이
나만 바라보는
너는 오늘
나바라기꽃으로 웃고 있다

사랑은

흑백 사진을 컬러 사진으로 바꾸는 일
미움은
컬러를 흑백으로 되돌리지 않고 컬러를
마구 뒤엉키게 만들어 강물은 까맣게
하늘은 황토빛으로 감정 불균형 상태
망각은
컬러가 표백(漂白)되는 일

제4부

통곡하고 있는 모세를 만나

통곡하고 있는 모세를 만나

어둠을 짓누르며
하늘 높이 치솟고 있는 봉우리
거대한 바위 산
첫 새벽 산길에 총총 별들이
눈물방울로 반짝거린다

낙타는 1달러 지폐를 씹은 다음
연거푸 10달러 지폐를 되씹으면서
산을 오르고 깜깜한 새벽에
아이들은 기념품 손에 들고 흔든다
십계명 그 자리 열 가지 돈들이
스무 가지 쓰레기들이 늘비하고
하늘님의 숨소리가 배여 있을 곳에는
낙타 당나귀 분비물이 질펀하다
정상에 있는 작은 교회는
자기 편이 아니라고 입을 악물고 있다

2010년 1월 7일 목요일
나무 한 그루 없는
시나이 산을 부둥켜 안으면서
통곡하고 있는 모세를 만나 엎디어
돌바닥에 이마를 꾹 붙이고 큰절 올린다
눈물이 너무 두꺼워 사람을 못 알아보는 모세

그의 눈물을 닦아주지 못하고
나의 눈물로 나의 길을 적시며 하산한다

해가 높이 뜨자
하늘과 맞붙은 시나이 산은 불타오르고
눈물 나도록 파아란 하늘은
모세 산*위에 앉아
광야를 머얼리 내려다보고 있다
모세의 눈물이 가슴에 스며든 그날
무거운 다리로 종일 모래 바람을 안으면서
시나이 광야를 달린다
달려도 달려도 지워지지 않는
꺼억꺼억 모세의 통곡 소리

* 시나이 산을 모세의 산이라고도 함.
  2010년 1월 7일 시나이 산 다녀오던 날 밤.

시나이 바위산

몇 해 전
미국 휴스턴 갔을 때
200년의 미국 길 위에
모든 것이 큼직하고 널찍하였다
재작년
루르드와 로마 성지순례 길 따라 만난
500년의 성당 700년의 유적 그리고
이 천년 로마 성지 앞에
묵묵히 고개 숙였다

2010년 1월 이집트를 거쳐
예루살렘 가는 길
신 광야(Wilderness of Sin)
시나이 산
삼천 년 너머
길게 뻗힌 숨결을 만났을 때
무릎이 절로 꺾이면서
시간 흐름을 가늠하기 어려웠다

하늘님이
바위산 정수리까지 내려오셨다
오직 하늘님만 섬기라는 말씀으로
그분은 천둥처럼 바위산을 내려디디셨다

이스라엘은 하늘님의 백성임을
붉은 차돌에 깊게 새겨준
시나이 산은 오늘도
하늘 자락을 잡고 있었다 그리고
모래 길 시나이 광야에는
아브라함의 족보가
여러 가닥으로 길게 길게 펼쳐지고 있었다

시나이 산 당나귀

통곡하는 모세에게 큰절 올리고
무거운 마음으로 시나이 산을 내려가는데
어린 당나귀 네 마리가 올라온다
물통 과자 기념품 또 물통
가득가득 등에 둘러업고
네 마리 줄줄이 묶여서 헉헉거린다

갑자기 목울대가 뜨거워졌다
앳된 당나귀 얼굴 가까이 눈을 맞대고
아침은 먹었느냐고 물었다
밥 먹다가 다급히 올라온다는
순박한 눈동자의 껌벅거림을 보는 순간
나는 울음을 쏟았다 흐르는 눈물을
주체할 수 없어
헛기침하듯 헉헉 거렸다
뒤따르는 가이드가
오해하지 않기를 바라면서

이스라엘 백성들의 노예생활이 생각나고
아프리카에서 힘겹게 사는 사람들도 보인다
말없이 열심히 일하는 근로자들이 아른거리고
삭막한 광야에서 허덕이는 짐승들이 나타나고
굶어 죽는 북한 어린이도 보이다 말다 한다

동물 학대하는 사람들의 일그러진 얼굴이 보이고
말없는 당나귀가
나의 숱한 죄 덩어리를 짊어진 것처럼 느껴지고

어린 당나귀를 보며 난생 처음
눈물 흘리는 상큼한 아침
불길처럼 치솟은 시나이 산을
휘어잡고 있는 파아란 하늘이 자꾸만
모세의 눈물로 보인다

신 광야*

허허(虛虛)로운 광야
천 겹 만 겹의 소리들이
매장되어 있는 모래 들판

옛날 그 오래전
이스라엘 백성이 지나갔던 길
홍해를 건너온 극적인 승리의 함성
위대하신 하늘님을 찬미하는 우렁찬 노래
며칠을 신나게 걷다가
사막의 뜨거운 먼지를 마시며 고함친다
물 물 물 물
고기 고기
빵 빵
백성들의 끈질긴 아우성
그때의 온갖 모습들
그때의 모든 소리들
밑으로 모래 밑으로 깊이 가라앉아 있다

얼마나 깊이 파면
구름기둥 뿌리를 찾을 수 있을까
얼마나 깊이 파면
불기둥 흔적을 만져 볼 수 있을까
층층 따라

수많은 소리들을 샅샅이 들추어
위대한 모세의 감사 기도 소리를 듣고 싶다
하늘님에게 탄원하던
그 애절한 목소리를 만나고 싶다
광야의 카랑카랑한 소리들을

* 시나이 반도의 시나이 산 근처 광야로 모세가 이스라엘 백성을 이끌고 지
  난 간 곳.

신비의 삼각형

모든 산은 삼각형이다
지평선에 밑변을 깔고 있는
모든 삼각형은 산이다

정삼각산
이등변삼각산
직각삼각산
둔각삼각산
예각삼각산
비 바람이 문지르고
사람들의 눈총을 받으면서
날카로운 각들이 조금씩 문드러지고 있다

삼천 년 한참 지나 아직도
하늘 쪽으로 우아한 각을 세우면서
광야를 지키고 있는
시나이 산
하늘님 말씀의 울림을 안고 있으면서
많은 삼각형을 거느리고 있는 신비의 산
빛을 향한 예각
언제나 새붉다

용궁 이야기

1

이집트 시나이 사막을 달린다
이스라엘 성지순례단이
예루살렘을 향하여
버스 타고 광야를 달리고 있다
시원한 바다가 보인다 조금 후
버스는 바다 속으로 내려가기 시작한다
성지순례자들이 당황하지만
기사는 태연하게 바다 밑으로 운전해 간다
차창 밖으로 고기들이 걸어 다니고
파란 바람이 바다 나뭇가지들을 어루만진다
이윽고 커다란 용궁 앞에 버스가 선다

2

저녁을 맛있게 먹고 들뜬 맘으로 콧노래 부른다
흥분을 가라앉히고 겨우 잠자리에 든다
아침에 눈을 뜨니 놀랍게도
예수님이 웃으며 손을 흔든다
모두 꿈을 꾸고 있다고 생각한다
청아 잘 잤느냐고 하며
예수님이 순례자들을 보고 웃으신다
아버지 심봉사 눈을 뜨게 하려면
얼른 일어나 예루살렘으로 가야 한다고 재촉한다

바다 속에 푹 빠졌다고 놀라지 말고
눈을 크게 떠 자신을 보라고 한다
이제 소금물로 몸을 깨끗이 씻었으니
얼른 예루살렘으로 가자고 말씀하신다
서로 쳐다보며 어쩌다 우리가 심청이 되었는지
어리둥절하고 어떤 이는 눈물을 흘린다
예수님은 이만큼 내려왔으니
이제 저만큼 더 높이 올라가자고 한다

3
모두 아무 말 없이 버스에 올라탄다
함께 가자는 예수님은 보이지 않는다
기사는 신나게 운전하며 용궁을 벗어나고 있다
길가에 서 있는 커다란 간판이 보인다
Dead Sea(사해 死海)라는 글자가 보이더니
해저 400미터라는 글자도 보인다
예루살렘을 향하여 달리는 버스는
바다에서 올라오자 더 가뿐하게 한참 달린다

4
예루살렘 성문 앞에 버스가 도착한다
예수님이 큰 십자가를 껴안고 기다리고 계시고
순례자 모두 심봉사처럼 눈을 크게 뜬다

눈동자 안에 십자가가 들어오자
동서남북이 또렷하게 나타나고
위 아래 양 옆이 환하게 보인다
깊은 바다 안에서 죽어가던 시신경이
파아란 하늘같이 초롱초롱 살아난다
모두 두 눈 밝히면서
예수님따라 십자가의 길로 올라간다
마음 눈까지 크게 열리어 북받치는 느낌으로
골고타를 지나 올리브 산까지 올라와
하늘을 향하여 발돋음해 본다
두 팔을 하늘 높이 세워 날갯짓을 한다
사해에 몸을 던진 심청이가
이제는 두 날개를 달아
하늘로 올라가는 꿈을 가슴에 품는다

갈릴래아 호수*

갈릴래아 호수 밑에는
예수님 말씀이 가득 쌓여 있다
이천 년 전 그때

사람 낚는 어부로 만들겠다는 말씀
하늘나라에 대한 기쁨의 말씀
예수님을 따르던 군중들의 발소리 말소리
병이 나은 이의 목메인 환호성
가난한 이들이 예수님을 부르는 소리
바리사이 사두가이들의 비꼬는 소리
하늘님의 사랑에 대한 탕자의 비유
로마 군인들 말굽소리
백성들이 놀라워하는 감격의 박수소리
아이들의 신나는 노래 또 재잘거림

천 년 고개를 두 번 넘어서
성지순례자들이 배를 타고
그분의 말씀을 건지려고 호수로 들어간다
갈매기들이 따라오면서
잠자고 있는 물결을 깨워 일으킨다
호수 안에 잠겨 있던 소리들이 깨어난다
옛날의 모든 음성들이 눈을 뜬다
밑바닥에 모여 있던 단어들이

향긋한 물결로 솟구쳐 오른다
물결들이 새로운 말씀으로
반짝거리며 노래처럼 들려온다
순례자들이 두 손을 가슴에 모은다
두 팔을 치켜 올리다가 이내 합장한다
지금 여기
갈릴래아 호수가
물무늬 성경으로 변하면서
물결 위로 하늘의 단어들이 솟아오른다
순례자들의 마음이
호수를 통째로 부둥켜안는다

* 갈릴래아 호수 : 성서에 나오는 지방으로, 현재 이스라엘의 행정구로서 북
  부지방이라 하며, 지중해 해안에서 갈릴리호(湖)까지가 포함된다. 중심지
  는 나자렛이며 이곳은 예수님이 대부분의 종교활동을 전개한 곳이어서,
  산상수훈(山上垂訓)의 자리와 가나의 샘을 비롯하여 성서와 관계 있는 유
  적이 많다.

그 호수는 바로

갈릴래아* 호수이다

고통의 가시덤불에 눌린 사람에게
~ 싱싱한 위로의 물을
슬픔에 잠겨 흐느끼는 사람에게
~ 기쁨의 시원한 샘물을
가난하고 외로운 사람에게
~ 넉넉하고 풍족한 큰 호수를
불의의 사막에서 허덕이는 사람에게
~ 단물이 솟는 옹달샘을
맨날 싸움질하는 살벌한 사람에게
~ 평화와 생명의 물을
신의를 버리고 배신을 일삼는 사람에게
~ 의로움의 푸른 바다를
거짓과 오류로 더러워진 사람에게
~ 사랑의 따뜻한 물을

생명과 희망을 주는 그 호수는
바로 갈릴래아 호수이다

*갈릴래아 호수 : 성서에 나오는 지방으로 현재 이스라엘의 행정구로서 북
  부지방이며 예수님이 복음을 많이 전파하신 곳이다.

갈매기와 참새

갈릴래아 호수 옆 마당이 널찍하고 시원스러운 식당에 성지순례단이 점심 먹으러 갔었다 그 식당의 옥외 식탁에서 식사를 마친 다른 나라 순례단이 자리를 뜨자 갈매기들이 우르르 날아와 식탁 위의 음식을 먹기 시작했다 신기하게 보고 있는데 또 놀랍게도 참새들이 쪼르르 날아오더니 식탁 밑 바닥에서 부스러기를 열심히 쪼아 먹고 있었다 갈매기들이 흩날리는 작은 음식 조각들이 참새의 몫이다 종업원들은 쳐다보지도 않았다 늘 있는 일이란 듯했다 어쩌면 공생하는 뜻도 있고 설거지의 한몫을 도와주는 흥미로운 일이라 여겨졌다 재미있게 보다가 갑자기 서울 모습이 나타났다 서울에 사는 거시기들과 거시기들은 갈매기처럼 활달하게 돈과 권력을 쪼아 먹는데 지방에 사는 참새들은 서울 거시기들이 먹고 남은 돈을 조금씩 주워 먹는 꼬라지가 보였다 머나먼 이곳에서 서울을 보다니 거참 갈매기와 참새는 덩치를 보아서도 차이가 크게 나기에 우리나라 모습과 매우 흡사하다는 생각이 들었다 음식 맛이 구리텁텁해졌다

호수의 시원한 바람으로 다행이
무거운 기분이
참새 발가락까지는 내려가지 않았다

가시관

요한복음서 19장 2절
군사들은 또 가시나무로 관을 엮어
예수님 머리에 씌우고
자주색 옷을 입히고 나서
유다인들의 임금님 만세 하며 뺨을 쳐 댔다

이천여 년 전
로마 군사들은 예수님 머리에
안테나(antenna)를 걸었다
사이 사이에
특수한 기능을 가진 안테나까지 끼웠다
마음 아픈 사람들이 외치는 하소연
고통의 신음을 듣기 위한
예수님 머리 안으로 박히는 안테나 막대들

부모 잃은 아이들의 앙아 앙아 앙아
굶어 죽어가는 사람 허억 허억 허억
심하게 매를 맞는 아이들의 아앙 아앙 아앙
사랑하다가 버림받은 남자의 끅 끅 끅 끅
자살을 결심한 아줌마 어이욱 어이욱 어이욱
돈 때문에 살인하려는 남자 지익끼 지익끼
스스로 똑똑하다는 학자 야카 야카 야카
술로써 세상을 욕하는 사람 크아악 크아악

거만한 성직자의 기침 크우욱 크우욱 크우욱
자기 배만 채우는 정치인들 드주욱 드주욱 드주욱
사기꾼들 모함으로 감옥간 사람 어우애 어우애

모든 소리가 잡히는 안테나
걸리는 소리 중에는
자기 죄를 뉘우치는 사람의 숨소리도 있다
세상 모든 어둠이 달라붙은 안테나 무게
십자가에 동서남북으로 이어진
가지가지 고통의 긴 신음 소리들
네 개의 못으로 박히는
인류의 죄악
네 개의 못 구멍으로 열리는
하늘님의 끝없는 사랑

구원의 제물로
높이높이 매달려 있는 핏덩어리
그리고
모든 심어(深語)를 끌어당기는 안테나

* 2010년 1월 12일 예루살렘 골고타에서.

ECCE HOMO*

예수님께서 가시나무 관을 쓰시고
자주색 옷을 입으신 채 밖으로 나오셨다
그러자 빌라도가 군중들에게 다들 보시오
이 사람이오—ECCE HOMO 엑체 호모*—
하고 말하였다*

아프리카 어느 지역
우람하게 서 있는 바오밥(baobab) 나무
하늘님이 실수로 거꾸로 심어
나무 줄기가 뿌리 모양을 하고 있다고 말하지만
오천 년 동안 자란 나무도 있다고 한다
따가운 햇볕을 받으면 불기둥이 되고
구름 낀 날은 바오밥은 구름기둥이 된다
ECCE HOMO 바오밥

큰가시고기는 알에 산소를 불어넣기 위해
쉴 새 없이 온몸으로 부채질을 한다
알을 먹으려는 다른 고기들의 공격을 막아낸다
새끼들이 알에서 부화하는 마지막 순간까지
아버지 가시고기는 온 정성을 다 쏟는다
아버지는 아무것도 먹지 않고 잠도 안 잔다
모든 힘이 다 빠진 아버지 가시고기는
자식들의 먹이가 되어주기 위해 끝내
자식들이 모여 있는 둥지 앞에서 숨을 거둔다

ECCE HOMO 가시고기

구약성경 탈출기
시나이 광야에서 물을 달라고
아우성치는 이스라엘 백성 앞에서
모세는 지팡이로 바위를 쳤다
그러자 물이 터져 나왔다
갈릴래아 호수에서 물과 더불어 살던 베드로
예수님은 베드로를
물에서 끌어내어 바위로 만들었다
그리고 큰 바위 베드로를 주춧돌로 삼아
그 위에 아늑하고 단단한 집을 세웠다
ECCE HOMO 베드로

아직도 바오밥은 구름기둥으로 서 있다
지금도 큰가시고기는 자식들의 밥이 되고 있다
너럭바위는 변함없는 주춧돌로 버티고 있다

그리고 다음
ECCE HOMO ————

* 엑체 호모(ECCE HOMO) : 라틴어로 '이 사람을 보라' 또는 '자 이 사람
  이다' 라는 뜻임.
* 요한복음 19장 5절.

통곡의 벽 1

예루살렘 성전이 이방인 손에 넘어가
뼈마디와 살점이 무너지던 그 밤
바빌론으로 묶여가던
유대인 발뒤꿈치를 보며 성전 뿌리가 울었다

바빌론 유수에서 돌아와
예루살렘 성전을 다시 세웠지만
이번에는 로마제국의 말굽에 짓밟혔다 그때
성전 돌들이 유대인들 마음속에 들어가
쓰라린 가슴에 깊이 박혔다
천추의 한이 뼈마디 안에서 돌이 되었다

천 년 그리고 천 년 동안
유대인들은 통곡의 벽 앞에서 눈물 흘린다
돌덩이에 머리를 박으며 기도한다
언젠가는 새로운 돌들이
우두둑 우두둑 쌓여 영원한 성전이 되기를
기도하는 유대인들

2010년 1월 12일 그날 내가 바라보니
통곡의 벽이 유대인들에게 매달려
어이구 어이구 울고 있었다

통곡의 벽 2

내가 통곡의 벽 앞에 섰을 때
아우슈비츠(Auschwitz) 수용소와
그 외 지역에서 학살당한
수백 만의 유대인들이
이방인인 나를 유심히 보고 있었다
그들이 시켰는지
한 유대인이 나에게 왔다
까만 옷을 입은 그가 주는 영문 기도 책

다윗왕국을
영원히 재현하기 위하여
하늘님의 자비와 힘을 간구하는 기도

칼날 같은 선민의식에 갇혀 사는 그들이
이방인 음식을 멀리하는 율법을 버리고
언제쯤 까만 옷과 까만 모자를 벗을까
궁금증과 답답함을 안고
통곡의 벽을 두 손으로 만졌다
까맣게 차가웠다

십자가의 길

길에 피가 뚝 뚝 뚝 떨어졌다
구원의 핏방울이 길바닥을 적시고
피눈물이 흘러 내렸다
그리고 그리고 긴 세월
흙바람에 모든 것이 묻혔다

내가 차지해야만 한다
너에게 빼앗길 수 없다
이 칼로써 내가 이 길을 지킨다
나만이 예수님의 참된 제자이다
내가 이 길의 주인이다
이 길은 내가 보호하고 관리해야 한다

지금 예루살렘에는
십자가가 없다 십자가 길도 없다
칼부림 있을 때마다
십자가는 공중분해되었다
천 년 동안 박살나고 가루되어 사라졌다
지금 거기 어느 돌 틈에도
이천 년 전
땅바닥으로 끌려가는 십자가 나무 소리가
보이지 않는다 들리지 않는다

비아 돌로로사(Via Dolorosa)*

개미 한 마리가 제 덩치보다 큰 먹이를 끌고 갑니다 끙끙거리며 쉬지 않고 물고 갑니다 한 사나이가 군화를 신고 가다가 개미를 밟았습니다 개미는 먹이와 함께 잠시 짓눌렸다가 눈을 뜹니다 죽을 뻔했습니다 작은 돌멩이 옆에 있었기 때문에 크게 다치지 않았습니다

　　Via Dolorosa

두 산이 이어져 있었는데 가운데 도로를 만듭니다 차들이 밤낮없이 달립니다 노루가 죽고 다람쥐도 차에 치어 죽습니다 차들은 시원한 공기 마시며 신나게 달리지만 산에 사는 짐승들에게는 생사의 갈림길이 되었습니다

　　Via Dolorosa

시꺼먼 공장은 하늘로 더러운 연기를 뿜어대고 아래로는 심하게 썩은 냄새를 버립니다 개울의 고기들이 숨을 가쁘게 몰아 쉽니다 눈을 부릅뜨면서 죽습니다 하늘을 바라보며 억울함을 호소합니다

　　Via Dolorosa

사람이 사람을 죽이고 사람이 사람을 때립니다 아이들은 버림받아 울고 노인들은 그저 하늘만 쳐다보고 한숨 짓습니다 높은 사람들이 백성들에게 잘 살게 해 주겠다고 말하고는

교묘한 수법으로 가난한 사람들의 주머니까지 다 빼앗아갑
니다 너무 억울한 사람들은 자살을 생각합니다 사람 사는 골
목들이 많이 어두어졌습니다
　Via Dolorosa

　십자가는 동서남북입니다
　십자가는 기쁨을 더하기 한다는 기호입니다
　십자가는 상하좌우입니다
　십자가는 사방으로 손을 뻗는 안테나입니다
　십자가는 네거리입니다
　십자가는 씨줄 날줄이 포개진 모습입니다
　십자가는 수직과 수평을 묶는 기둥입니다
　십자가는 거미줄이고 문창살입니다
　십자가는 전신주입니다
　십자가는 그물입니다
　십자가는 골고타로 올라가는 길입니다
　십자가는 하늘로 오르는 사닥다리입니다
　십자가는 모든 생명체 안에 있는 빛입니다

　십자가 안에서 길을 찾는 일
　십자가 속에서 사랑을 꺼내는 일
　그래서
　Via Dolorosa 사랑합니다

Via Dolorosa 사랑하겠습니다

Via Dolorosa 사랑하기 때문입니다

*라틴어 비아돌로로사(Via Dolorosa)는 '고통의 길' 이라는 뜻으로서 이천
 년 전 예루살렘의 빌라도 법정에서 골고다(Golgotha) 언덕에 이르기까지
 예수님의 십자가 수난의 길을 말한다. '십자가의 길' 이란 뜻으로도 사용
 된다.

골고타(Golgotha)*

금요일 그날
핏덩어리를 십자가 위에 눕히고
커다란 못
망치로 내리쳤다
묵직한 쇠망치가 못대가리에서
천둥소리를 토해냈다

이천 년 후
성지순례단이 골고타 올라오자
대못을 박았던 망치소리가
붉은 바위 틈에서 뛰쳐나와
내 가슴에 꽈악 박힌다
핏빛 쇠소리가
나의 영을 찢어발기면서
새로운 골고타를 보여준다

눈 코 입 귀가 없는 예수님 얼굴
눈 코 입 귀가 못으로 박힌 어머니 얼굴
핏자국 언덕
최악의 모자상(母子像)
악악거리는 세상 온갖 소리 냄새 충돌
사람들의 모든 죄악
아들 가슴에 잔뜩 집어넣고
그 아들을 부둥켜안고 있는 어머니 마리아

끝 절망으로 넘어진 골고타에서
아들과 어머니는
대역전(大逆轉)의 회전무대를 준비하고 있다

* 골고다(Golgotha) : 예수님이 십자가에 못 박혀 죽은, 예루살렘 교외의
  언덕.

마리아 마리아 마리아

처녀가 아이를 낳으면
돌에 맞아 죽어야 했던 이천 년 전
이스라엘의 나자렛 시골 처녀 마리아
마리아는 겁 없는 아기씨였다

하늘의 힘으로 아기를 가질 것이란 말씀
구세주 어머니가 되어야 한다는 말씀
돌멩이로 맞아 죽는 두려움을 꾸욱 짓누른
하늘님께 향한 놀라운 믿음과 순종
그 순간
마리아 온몸 온 마음 하늘로 가득 찼다

이스라엘 순례길 수태고지기념성당*에서
무지갯빛이 스며들었던 그 옛날
소박한 마리아 집을 보는 순간
이만큼 더 아름다울 수 없는 고요함이
저만큼 더 향기로울 수 없이 으늑하였다

아기가 걷기 시작하면서 두 팔 벌릴 때
따뜻한 품에 아기 예수를 껴안은 마리아
아들이 광야로 갈 때
먼 발치로 함께 광야로 간 마리아
아들이 갈릴래아 호수를 거닐 때
시편 노래를 물결처럼 불러주었던 마리아

아들이 예루살렘에 올라갈 때에
두 손 합장으로 총총걸음 올라간 마리아
아들이 십자가를 지고 비틀 비틀거릴 때
온몸 무느지며 뒤 따라간 마리아
아들이 골고타 십자가에서 숨 거둘 때
숨 죽이며 피울음 피 냄새 삼켰던 마리아

아들이 부활하여
어머니께 하늘 향기로 인사를 할 때
가슴 터질 듯
세상의 모든 언어를 잊어버린 마리아

수태고지기념성당에서
무릎걸음으로 마리아 곁에 바짝 다가가
묵묵 반향(默默 半晌)
엎드려 큰절하면서 드린 기도

하늘 어머니
땅 어머니
사람 어머니

* 수태고지기념성당 : 수태고지는 마리아가 성령에 의하여 잉태하였음을
　천사 가브리엘이 마리아에게 알린 일이며, 이를 기념하는 성당이 이스라
　엘 나자렛에 있음.

성지순례는

임의 향기 따라 임 만나러 가는 길
걸음걸음마다 빛살기도를 놓는 길
땅 한 번 보고 하늘 세 번 바라보는 길
개미 들풀 나무들과 함께 기도하는 길
새들 노래 따라 찬미 감사의 성가를 부르는 길
오그라든 자신을 한 겹 한 겹 펴는 길
임이 태양 같은 사랑임을 뜨겁게 느끼는 길

─2010년 1월 4일 인천국제공항서.

덧거리 글

반시인(半詩人)

저는 반시인(半詩人)입니다
온시인이 되기에는 너무 부족하기 때문입니다
나이 많아서 시 공부를 하였고 그리고
시 쓰는 일에 매달린다고 하지만
젊은 사람만큼 시를 잘 쓸 수 없을 것입니다
등단하거나 시집을 낸다고 하여도
시인이라는 호칭이 저에게 부담스럽습니다
시인으로 불릴 수 없다는 사실과
그리고 시인으로 죽고 싶다는 욕심 때문에
제 마음 안에서
이 두 개의 현실이 항상 충돌하고 있었습니다
어느 날 이러한 고민을 해결하는 단어가 떠올라
혼자 웃으며 손벽을 쳤습니다 바로
반시인(半詩人)이란 단어입니다
저는 온시인이 될 수 없으니까
반시인(半詩人)으로 만족하겠다는 생각이었습니다
반시인 半詩人 반시인 半詩人 반시인 半詩人
하고 혼자서 소리내어 말해 보니 기분 좋았습니다
반시인(半詩人)이란 말을
2009년 가을에 만들었는데
이 말이 우리나라에서 처음 생겼다면
제가 첫 번째 반시인(半詩人)이 된 셈입니다
저는 반시인(半詩人)입니다

개가 정말 웃는다면

얼마 전 어느 방송에서
개가 웃는다는 것을 보여주었습니다
개의 웃음을 녹음하여
싸우는 개들에게 들려주니까
싸우던 놈들이 뚝 그치고
개 웃는 녹음 소리를 유심이 듣고 있었습니다
동물의 언어나 동물의 기억력 등에 대하여
많은 연구들이 진행 중이지만
개 웃음에 대한 것은 어느 정도 인정해야 할찌
아직은 잘 모르겠습니다
만약 개가 틀림없이 웃는다면
나무도 웃을 것입니다
그리고 나무가 웃는다면 꽃이야말로
의당 웃기도 하고 울기도 할 것입니다
이럴 경우 혼자 산에 가서 욕하거나 저주하면
새들이나 나무가 듣고 그들 나름대로
싫어하는 감정을 가질뿐 아니라 옆 나무에게도
전달하리라는 생각이 듭니다
홀로 있을 때에라도 몸이나 말에
얼마나 조심해야 할지 두려운 생각이 듭니다

그럴싸한 생각

늦가을 왜관읍 한 식당에서
밥을 먹습니다
식당의 텔레비전 안에서는 외국인들이
높은 의자에 앉아 양식으로 식사하는데
바닥에 앉은 저는 청국장을 먹습니다
갑자기 어떤 생각이 불쑥 솟습니다
서양 사람들은 밥을 먹으려면 예부터
칼과 창으로 싸움질을 했어야만 되었습니다
싸우지 않고는 밥을 만날 수가 없었습니다
그래서 나이프와 포크로 식사를 합니다
그런데 우리 조상들은
말뚝 박아 논둑을 만들고 논밭에
연신 삽질을 해야만 밥 먹을 수 있었습니다
그래서 숟가락과 젓가락으로 밥을 먹습니다
이렇게 단정하는 것이 맞는지 모르지만
또 누가 이런 주장을 했는지 알 수 없지만
갑자기 생각한 것으로는 제법 괜찮은 듯합니다
그리고 다른 생각이 이어졌습니다
오른손으로 밥을 먹는 인도사람들은
자연과 늘 한 몸이 되고
숟가락 없이 어디서든 먹을 수 있으니까
진정 친환경 선각자려니
하는 생각이 이어졌습니다

걱정되는 자녀 교육

어머니가 부엌에서 마늘 껍질을 벗깁니다
딸아이가 엄마에게 마늘 까는 것
엄마랑 하겠다고 말하자 엄마가
시끄럽다 너는 공부나 해라
하더랍니다
자녀에게는 어떠한 일도 안 시키고
무슨 일이든 부모랑 함께하지 않습니다
오로지 공부만 하라고 잔소리합니다
이것이 한국의 어린이 교육 현장이라고
어느 분이 통탄하며 말했습니다

앞으로 10년 후에는 중학교 여선생이 김치를 담근다 또는
여자 경찰관이 김치 담근다 또는 여군이 김치를 담는다고 하
면 그 지역에서 큰 뉴스거리가 되리라 여겨집니다 신문에 김
치 담그는 사진과 함께 김치 담그는 신비의 여자 김 아무개
박 아무개 라는 신문기사 제목이 돋보이리라 여겨집니다

신부 주교들의 오만함

평화방송 TV에서 교회에 대한 주제로 강의하는 어느 신부는 아직도 우리나라 본당신부들이 중세기의 왕처럼 군림하고 목에 힘을 가득 주고 있다는 말을 하였습니다 제가 그 방송을 보고 저러다가 저 신부가 다른 신부들로부터 미움 많이 받으면 어떡하나 걱정했습니다 그 신부는 계속하여 한술 더 뜨면서 어느 교구는 본당신부가 왕중왕이라고 합디다 하고 말했습니다 저의 좁은 생각으로는 주교 신부들 과반수 이상이 거만하니까 이러한 말이 공공연하게 누구 입에서든 나온다는 생각이 들었습니다 신부 주교들의 오만한 모습을 보고 성당 갈 맘도 없다든가 또는 밥맛 없다든가 하는 말을 저도 여러번 여러번 들었습니다 그때 저는 그분에게 이렇게 말합니다 다 아는 이야기를 왜 또 합니까 하고 이어서 주교 신부를 한 번 욕하였다면 주교 신부들이 겸손하도록 세 번 기도해 주기 바랍니다 라고 말하고는 더 이상 말하지 않으려고 합니다 이유는 제가 그전에 본당신부로 살 때에 요즘 본당신부보다 열 배 이상 오만했던 기억이 생생하게 살아나기 때문입니다 너무너무 부끄러운 저의 과거입니다

사해(死海)의 아침

이스라엘 성지순례 가는 길
처음 간 사해는 생각보다 아름답고
너무 깨끗하였습니다 1월인데도
우리 봄처럼 따뜻한 날씨였습니다
여름에 갔더라면 수영을 하면서
소금물에 뜨는 것을 체험했을 터인데
감기 때문에 용기를 내지 못했습니다
사해 물을 손가락으로 찍어 맛을 보니
생각보다 매우 짠 물이었습니다
사정이 허락한다면 정말로
사해 옆 마을로 이민을 와서
칼국수를 만들어 한국 순례자들에게
대접하고 싶은 생각도 들었습니다
그때 칼국수 옆에 김치를 내어놓으면서
이 김치의 배추는 사해에 넣어
절인 것으로 특별한 영양가가 있다고
자랑하리라는 공상까지 하였습니다

잊을 수 없는 시나이 산

2010년 1월 7일 목요일 새벽 2시 반 시나이 산을 향하여 걷기 시작했습니다 간밤에 가이드가 시나이 산은 두 발로 오르다가 마지막에는 네 발로 정상에 가는 분이 많다고 하여 설마 그러려니 했는데 저도 결국에는 마지막 10분의 가파른 바위 계단을 네 발로 기어 올라갔습니다 놀라운 산이고 신비스러운 산인데 현지의 장사꾼들과 일부 방문객들이 버린 쓰레기들이 널려 있고 바위와 돌 틈 그리고 모든 길에는 낙타와 당나귀 분비물이 촘촘히 깔려 있어서 매우 더러웠습니다 나라에서나 또는 어느 종교 단체에서 철저한 관리를 하지 않고 그대로 두면 몇 해 안 가서 시나이 산은 성산(聖山)이 아니라 아주 더러운 산이라는 부끄러운 이름을 얻게 되리라 여깁니다

구약의 가장 위대하고
멋있는 사나이 모세가
이 꼬라지를 보면서
눈물 많이 흘리고 있다는 생각이
바로 그 자리에서 탱탱한 느낌으로
저에게 왔습니다

이스라엘 여자들

제가 이스라엘 성지순례 가서
자연과 성지의 분위기 등을
더 유심히 보았습니다
그런데 거리에서 또 성지를 보면서
이스라엘 여자들을 자주 보았는데
비교적 예쁜 여자들이 많았습니다
그때 30여 년 전쯤
도미니꼬 박도식 신부인 저의 형이
이스라엘 다녀온 이야기를 했었는데
그때 말하기를 이스라엘 여자들이
예쁜 것을 보고
성모 마리아님이 참말로
예쁜 분이셨구나 하고 생각했답니다
형의 말을 생각하면서
여자들을 다시 쳐다보니
정말 그렇구나 하고 공감하였습니다

미녀들의 수다를 보고

KBS2의 미녀들의 수다를 보면서 배우는 일이 참 많습니다 독일이나 네델란드에는 사우나 목욕을 남녀 같이 옷벗고 사우나를 즐긴다고 합니다 한 아가씨가 재미있는 말을 했습니다 한국 남자들이 독일에 와서 대부분 사우나 간답니다 옷 벗은 여자를 보고 싶어서 독일 사우나에 간답니다 독일 사우나에는 아가씨는 거의 없고 아줌마들이 자기 신랑이랑 같이 온답니다 막상 벌거벗은 여자를 신기하게 구경하려고 들어간 한국 남자는 뚱뚱한 여자들을 보고 실망한다고 합니다 재미있는 것은 한국 남자가 독일의 아줌마의 알몸을 구경하는 것이 아니라 독일의 풍만한 아줌마들이 한국의 벌거벗은 남자를 신기하게 쳐다보며 열심히 구경한답니다 한국 남자는 구경하러 들어가서 구경을 당하고 나오는 꼴이 된답니다 제가 독일에 가면 사우나에 꼭 가 보려고 했는데 아가씨가 이러한 이야기를 미리 해 주어서 참 고맙다는 생각을 했습니다

+ 덧거리 글 10
# 멧돼지에게

며칠 전 한밤중에 손전등을 들고
집 안팎을 둘러보는데
개가 심하게 짖어 불을 비춰보니
멧돼지가 저를 빤히 쳐다보고 있었습니다
크기는 새끼티를 벗어난 중간치였습니다
10미터 정도 거리인데 저놈이 달려들면
어떻게 피해야 하나 하고 생각을 하다가
작은 소리로 이렇게 말했습니다
여기는 네가 먹을 게 없단다
엄마한테 가서 먹을 걸 달라고 해라
그 말을 해도 빤히 쳐다보기에
손전등으로 산길을 비추어 보이면서
이 길로 가라고 했더니 멧돼지가
머리를 산으로 돌리면서 몇 걸음 가다가
다시 빤히 저를 쳐다보고 있었습니다
그래 착하지 엄마에게 가거라
하고 말하니까 산으로 천천히 올라갔습니다
제 말을 듣고 가는 것인지
자기보다 키가 크고 처음 보는 동물이
불빛을 비추니까 버거운 상대라고 여겼는지
알 수 없었습니다

교회를 떠나는 예수님

인터넷을 통하여 신문사들의 만화를 보는 즐거움도 쏠쏠합니다 작년 성탄날 아침 백무현 만평을 보고 제가 많이 웃었습니다 예수님이 교회를 떠나가는데 그 뒤에서 예수님보다 키가 더 큰 사람이 악어 입보다 더 크게 입을 벌리고 예수천국 불신지옥 하고 고함치면서 교회 떠나는 예수님 뒤를 따라가는 모습을 그렸습니다 예수님은 두 손으로 귀를 막고 가면서 다시 오나 봐라 하며 힘없이 떠나가는 그림입니다 배경에는 십자가를 세운 교회 건물이 많고 하늘에는 구름이 가득하였습니다

프로테스탄트뿐 아니라 가톨릭까지
예수님을 교회 밖으로 내몰아 보내는 일을
하고 있지 않은지 마음이 무겁습니다
교회에 대해서는 관심이 많기 때문에
마음이 무겁습니다 목사 주교 신부들이
생각하는 교회가 아니고 하늘님을 믿는
모든 사람이 교회라고 말하는 참 교회를
제가 무척 아끼고 싶기 때문입니다

동창 신부의 죽음

최광연 신부가 죽었다는 소식에
마음이 울컥합니다 고향이 이북이고
어려서 인민군으로 남침에 가담하여
거제도 포로수용소에서 있다가
반공포로 석방에 풀려나와 신학교에 왔고
같은 반으로 함께 공부한 친한 친구였는데
죽었다고 하니 참 서운하고
마음 깊숙한 곳에서 긴 숨이 올라옵니다
특히 이번 시집의 이름을 통곡하는 모세
라고 정한 다음 최 신부 생각이 많이 납니다
그의 세례명이 모세이기 때문입니다
책이 나오면 보내주려고 생각했었는데—

최광연 모세 신부가 2009년 10월 11일 오후 12시 45분 선종
했다 향년 73세 고인의 장례미사는 10월 13일 오전 10시 명동
성당에서 봉헌됐으며 모세 신부의 유해는 용인 공원묘지 성직
자 묘역에 안장됐다 황해도 출신의 최광연 모세 신부는 1962
년 사제품을 받은 이후 교구 내 본당 주임 외에도 대신학교 가
톨릭중앙의료원 경리처장 교구 재경부장 사목국장 총대리 등
으로 사목활동을 펼쳤으며 2002년 10월 이후 원로사목자로 활
동해 왔다 (최광연 신부 선종 기사)

다람쥐 식당

저희 집 뒤에 다람쥐 두 마리가 다니고 있습니다 다람쥐를
마당까지 어떻게 유인할까 하고 생각하다가 우선 다람쥐들
이 다니는 곳에 도토리를 두어 먹는지 살피기로 했습니다 그
리고 도토리 두는 장소를 매일 50센티씩 마당 쪽으로 끌어당
기면 다람쥐들이 앞마당까지 오리라는 생각으로 널빤지로
다람쥐 식당을 만들었습니다 붓으로 다람쥐 식당이라고 적
어 집에 오는 손님들이 함부로 옮기지 않도록 준비하여 도토
리로 유인하였습니다 드디어 다람쥐들이 먹이를 찾아 먹기
시작하였고 마당 쪽으로 5미터 정도의 이동이 되었을 때 늦
가을이 다람쥐를 산속으로 데리고 갔습니다

이제 봄이 오면
산속에 간 다람지를 마당까지 불러
함께 시를 쓰고
함께 노래를 부르려고 합니다

사후에는

사후의 세계에서는
사고(思考)가 곧 언어이고 행동이라는 것을
십여 년 전부터 생각하여 왔습니다
몇몇 분들에게 기도에 대한 말을 할 때
하늘님을 생각하는 것 그 자체가 기도라고
여러 차례 말한 적이 있었습니다
순간적으로 하늘님을 생각하였다면 벌써
하늘님을 바라본 것이 된다고 말하였습니다
그리고 이승에서는 오관이 분리되어 있지만
저승에서는 오관이 하나로 통합되어
동시 작용도 가능하고
분리 작용도 가능하다고 생각하여 왔습니다
그런데 얼마 전
스베덴보리라는 분의 글을 읽고 놀랐습니다
그분도 저승에서는 생각이 곧 행동이고
생각이 언어라는 말을 했기 때문입니다
이승에서는 아는 것이 힘이다 라고 말을 하지만
저승에서는
생각이 곧 힘이다 라고 말하여도
지나친 말이 아닌 듯합니다